DIE INKARNATION
SELTSAME GESCHICHTEN
ANDREA THIEL

DIE

INKARNATION

© 2013 Andrea Thiel

Herstellung und Verlag:
BoD - Books on Demand, Norderstedt
ISBN 978-3-7322-3023-5

Die Zeit heilt Wunden,
doch sie ist eine
miserable Kosmetikerin.
Mark Twain

Die Inkarnation	9
Lilly	17
Resümee	30
Der Stiefsohn	35
Die Erbschaft	52
Der Glücksbringer	62
Der Musterknabe	72
Schwarzer Sonntag	86
Liebe kennt keine Grenzen	94
Die Meisterköchin	100
Stigma	108
Das Gästezimmer	119

Die Inkarnation

Ich bin ein Künstler. Ich arbeite unter einem Fantasienamen. Mein bürgerlicher Name ist nur für diejenigen von Belang, die mich als Künstler nicht kennen oder nicht schätzen. Mein Beruf füllt mich aus. Er ist wie eine Geliebte, eine Mutter, eine Ehefrau, ja, er ist der Inbegriff aller männlicher Wunschträume zwischen James Bond, dem Jesuskind und dem Heiligen Vater. Meine Kunstwerke sind ähnlich den helldunklen Menschendarstellungen eines Rembrandt, dem wolkenverbrämten Weltengericht eines Michelangelo und der pastellierten Aufrichtigkeit eines Tizian.

Dieser Umstand hindert mich auch daran, eine bürgerliche Tugend wie die Ehe zu pflegen. Plärrende Kinder und eine allmählich dick werdende Ehefrau würde meine Psyche dauerhaft nicht verkraften. Meine Kunst würde darunter leiden.

Dabei war meine Karriere alles andere als vorgezeichnet. Mein Vater war ein gescheiterter Rechtsanwalt, der sich mit der Zeit zu einem alkoholabhängigen Querulanten entwickelte, meine Mutter war eine duldsame und willensschwache Hausfrau und ich war das einzige Kind. Ich sollte es einmal besser haben. So überlegten sich meine Eltern, was aus mir werden sollte und wankten unentschlossen zwischen Justiziar, Bibliothekar und Finanzbeamter, alles Berufe, die Sicherheit und ein dreizehntes Monatsgehalt garantierten. Dennoch, ich hatte andere Pläne. Ich wollte Künstler werden. Mein Vater war dagegen, meine Mutter gab nach, ich setzte mich durch. Bei der Bank nahm ich einen Kredit auf, zu siebeneinhalb Prozent Zinsen pro Jahr. Die Eignungsprüfung bei der Kunsthochschule war ein Leichtes. Ich lieferte eine Mappe mit mehren Werken ab, darunter eine in Acryl gemalte Medusa, eine Radierung des Hauptes des Holofernes auf einem silbernen Tablett und zu guter Letzt ein Tryptichon der Höllenqualen des jüngsten Gerichtes, gegen das Hyronimus Bosch sich wie ein Messdiener ausnahm. Die Professoren schüttelten die Köpfe und dennoch schienen sie insgeheim begeistert zu sein. Mein Talent wurde anerkannt, meine Themenwahl wurde bemängelt, ich jedoch bestand darauf, eine Koryphäe auf dem Gebiet der schwarzen Malerei zu sein, etwas, das es bisher noch nicht gegeben hatte. Jawohl! Die Kunstkoryphäen indessen bedachten einander mit sonderbaren Blicken, wiegten ihre wichtigen und weisen Köpfe skeptisch hin und her. Schließlich nahmen sie mich in die Akademie der schönen Künste auf, für mich der Beweis, dass sie meine künstlerischen Fähigkeiten höher schätzten als die Wahl meiner Motive. Fortan widmete ich mich der künstlerischen Abbildung von Ungeheuern, Wechselbälgern und skurrilen Gestalten, die alle zusammen genommen jedes Schreckenskabinett, jede forensische Asservatenkammer und jede krankhafte Fantasie übertrafen. Ja, ich war der Primus des Schrecklichen. Meine Mitstudenten mieden mich als hätte ich Lepra. Dennoch, es focht mich nicht an. Es macht mich sogar stolz. Mein Talent wuchs, ebenso meine Motivation, noch Größeres als bisher zu schaffen.

Und in der Tat, ich übertraf mich selbst. Ich schuf Novitäten von äußerster Präzision und - nun ja, in den Augen meiner Mitwelt - äußerster Geschmacklosigkeit. Da waren ein in Formalin haltbar gemachtes Totgeborenes, das ich mit

Blattgold aufgefüllt hatte. In einem durchsichtigen Kübel mit Exkrementen befand sich als Mittelpunkt eingeschlossenes Behältnis mit Münzen und Geldscheinen. Jeder, der vorbei kam ekelte sich, bekam angesichts des Geldes dennoch begehrliche Augen. Ja, ich forderte meine Mitwelt heraus. Stets war ich nahe am Rauswurf aus der Akademie. Doch eine geniale Leistung nach der anderen bewahrte mich davor. Jawohl, offensichtlich waren die Lehrkräfte unausgesprochen derselben Ansicht wie ich, nämlich dass meine Werke von unschätzbaren Wert seien. So verging mein Studium wie im Fluge. Endlich war es an der Zeit, dieses mit einem neuartigen Werk zu beenden. Es war in den

Augen deiner Mitwelt das bisher abstruseste Abschlusswerk eines Studenten der Akademie. Ein hyperrealistischer Schoßhund aus Gips in Kreuzigungspose bemalt mit roter Farbe und hinter Glas wurde von mir vor dem Kollegium eingereicht und erntete allenthalben Kopfschütteln. Mein Lehrkörper Professor Thaddäus von Tutenhahn bescheinigte mir ein außerordentliches Talent und eine exzentrische Einbildungskraft.
Das Zeugnis liest sich selbst heute noch wie der Krankenbericht für einen Geisteskranken. Fehlen nur noch die Bescheinigung einer Persönlichkeitsspaltung und ausgiebiges Stimmenhören.
Wie auch immer, seither bearbeite ich andere Materialien, sozusagen

fleischliche Objekte. Da es immer noch schwierig ist, ein bezahltes Betätigungsfeld für mein Genie zu ergattern, habe ich mich mit der Wirklichkeit arrangiert. Ich widme mich nun der künstlerischen Bearbeitung von Inkarnaten. Ich arbeite als Leichenschminker in einem Bestattungsinstitut.

Lilli

Es war ein goldiges Hündchen, das da zusammengerollt in seinem Körbchen lag und schlief. Die anderen Mitglieder der Familie hatten sich voll Entzücken versammelt und bestaunten dies niedliche Geschöpf. Lilli sollte es heißen. Lilli sollte ihnen Freude bereiten und Lilli sollte ungebetene Gäste fernhalten, Katzen, Marder, Raben, Einbrecher, Schwiegermütter. Lilli war ein Mischling aus Yorkshire-Terrier und Pekinese, eine Kombination, ausgestattet ist mit einem großen Kämpferherz in einem kleinen Hundekörper.

Lilli wuchs schnell und gedieh prächtig. Ihr rotblondschwarzgraues

Fell glänzte im Sommer in der Sonne wie Melasse, ihre messerscharfen, Zähnchen konkurrierten im Winter mit der Farbe des Schnees. Sie war kerngesund, lebendig, voller Tatendrang. Sie tollte durch den Garten, holte Bällchen und Stöckchen in einem erstaunlichen Tempo, sie rollte sich übermütig auf dem Teppich hin und her, gab Pfötchen, nahm regen Anteil am Familienleben. Auch war sie verfressen und lernte schnell, wo etwas Fressbares zu holen war. So saß sie lange Zeit geduldig vor dem Kühlschrank und starrte ihn an, als würde er sich durch dieses Anstarren von alleine öffnen und all seine Schätze an sie preisgeben.

Alle liebten sie. Alle bis auf den ältesten Sohn, der sie manchmal, wenn es niemand sah, zu kujonieren pflegte. Es begann verhalten. Erst knuffte er sie ein bisschen, biss ihr leicht, wie zum Jux ins Ohr und wickelte sie in Handtücher, aus denen sie sich nicht von alleine befreien konnte. Eine Zeit lang hielt Lilli dies für Spielerei und machte fröhlich mit. Doch dann wurden ihr die Spiele des Jungen zu grob. Sie reagierte darauf, indem sie nicht reagierte, wenn er sie rief oder nach ihr pfiff. Sie wich ihm aus, wenn er ihr über den Weg lief. Dies verleitete den jungen Burschen erst recht dazu, dem Hund nachzustellen, ihn einzufangen, zu kneifen, bis der jappte oder ihm mittelschwere Fußtritte zu versetzen, bis der jaulte. All dies blieb von den anderen Familienmitgliedern unbemerkt. Der Bursche verstand es, seine Schindereien distanziert von den anderen passieren zu lassen. Die kleine Lilli wehrte sich so gut sie konnte, bevor sie von ihm eingefangen wurde. Sie fletschte ihr makelloses Gebiss, biss ihn in die Hand, so dass er eine blutende Wunde behandeln lassen musste.

"Wohl ein bisschen zu heftig gespielt, nicht wahr", meinte der Arzt dazu.

Glück gehabt, dachte sich der Junge und verstärkte seine Gemeinheiten gegen das arme Geschöpf. Immer öfter geschah es nun, dass er, wenn er die sich heftig sträubende Hündin badete, sie zu heiß badete, dass er sie mit dem Kopf ins Wasser tauchte und erst wieder hoch ließ, wenn sie kurz vor dem Ertrinken war. Lilli kläffte und jammerte heftig, zitterte vor Angst und einmal urinierte sie gegen sein neu erworbenes Hemd. Dergestalt setzten sich die Schandtaten noch einige Zeit lang fort.

Und dann, eines Tages war Lilli plötzlich verschwunden. Als hätte sich die Erde aufgetan und sie verschluckt, so beharrlich blieb sie abwesend.

Man glaubte, Lilli sei von einem Auto überfahren worden, hing Suchmeldungen an Bäume, Hauswände und Laternenpfähle. Man erkundigte sich bei der Polizei. Doch dort war kein Unfall gemeldet, in den eine kleiner Hund verwickelt war.

Wahrscheinlich hatte der Fahrer des Autos den verletzten Hund einfach liegen lassen und war davon gefahren. Mein Gott, was musste doch dies arme Wesen leiden. Man wollte sich Gewissheit verschaffen und rief bei der Tierkörperbeseitigung an. Nach einer ausführlichen Beschreibung von Lilli stellte sich heraus, dass in der letzten Woche kein Hündchen beseitigt worden war, auf das diese Beschreibung zugetroffen wäre.
Erleichterung stellte sich ein. Wahrscheinlich war Lilli noch am Leben. Ein Zaudern blieb. Sie konnte ebenso an ein Versuchslabor verschachert worden sein.
Dennoch, man hoffte, sie werde bald wieder auftauchen.
Eine Woche später. Es war ein

strahlender Tag. Die Sonne schien vom Himmel. Die Familie hatte beschlossen, einen Ausflug in die Berge zu unternehmen. Es war, als hätten die wärmenden Strahlen der Sonne die melancholische Trauer über Lillis Verschwinden allmählich wie Wasser. Ja, für kurze Zeit hatte man sie tatsächlich vergessen. Alle bis auf den ältesten Sohn schlossen sich dem Ausflug an. Der wollte das Wochenende anders nützen. Er würde sich mit Freunden treffen. So fuhr man ohne viel zu fragen ohne ihn los. Am Sonntagabend würde man wieder zurückkehren.

    Während die Familie sich freudig und ahnungslos dem noch fernen Ziel näherte, bereitete Phillip im Haus eine Party vor. Es war lange geplant. Nun war die Gelegenheit. Zusammen mit seinen Freunden wollten er es in der nun sturmfreien Bude krachen lassen. Er besorgte Zigaretten und Alkohol, deponierte alles im Haus. Der Kühlschrank war voll. Am Nachmittag konnte es losgehen. Schnell waren die Freunde benachrichtigt. Drei hatten schon etwas vor oder waren bereits im Wochenende, die anderen, Mark, Tim und Tom erschienen mit Verspätung. Man ließ es krachen. Mit der Menge an konsumiertem Alkohol stieg die Stimmung, mit der Stimmung stieg die Menge an konsumiertem Alkohol. Schließlich war man betrunken. Schließlich besaß man alle Macht dieser Welt. Schließlich wollte man ein Feuerwerk im Garten abbrennen. Man schaffte alles Notwendige hinaus in den Garten. Sollten die Nachbarn doch denken, was sie wollten, sollten sie es doch den Eltern erzählen. Jawohl!

Doch bevor es dazu kam, stolperte Phils Freund, Mark, in seiner Trunkenheit über Lillis Körbchen, der seit ihrem Verschwinden verwaist war und nun wie ein unnatürliches Hindernis im Weg stand. Mark verrenkte sich den Daumen und war schlagartig nüchtern. Die Party war gelaufen. Man trennt sich fix.

"Verdammtes Vieh", fluchte Phil, der sich um die Party betrogen sah, "ist doch abgehauen. Was soll dieser Treteimer hier noch."

Er versetzte dem Hundkorb einen wütenden Tritt. Er sah zur Uhr. Es war halb elf. Der Abend hatte nicht einmal richtig begonnen und nun war er schon wieder allein. Er überlegte, was er mit dem Rest des Abends anstellen sollte und entschied sich dafür zuhause zu bleiben. Die Wirkung des Alkohols hatte begonnen, nachzulassen und statt der erhofften Euphorie überkamen ihn nun Müdigkeit und Kopfschmerz. Um wieder einigermaßen wach zu werden, beschloss er, eine Dusche zu nehmen. Zuvor schnappte er den Hundekorb und warf ihn hinaus auf die Terrasse.

Phil ging die Treppe hoch ins Bad. Er machte das Licht an, zog sich aus, stellte sich unter die heiße Brause. Allmählich wurde er wieder klarer im Kopf. Morgen wollte er lange schlafen.

Der Föhn war vom letzen Gebrauch noch eingesteckt und lag achtlos auf dem Rand der Wanne, direkt neben der Dusche. Phil drehte das Wasser ab. Er stand noch in er Dusche. Als er nach dem Handtuch griff, bemerkte er einen Luftzug. Hatte er nicht alle Türen und Fenster geschlossen- ? Das Letzte, was er hörte, war ein platschendes Geräusch. Gleich darauf durchfuhr ihn ein heftiger Krampf. Sein Körper zog sich zusammen als würde er von mit einem Korsett aus Eisen staffiert werden. Phil bekam keine Luft, sein Herz raste, er fiel hin und versuchte vergeblich, sich zu beruhigen. Endlich blieb sein Herz stehen.

Phil war tot.

Am Sonntag Abend kehrte die Familie von ihrem Ausflug zurück. Man fand Phil in einem erschreckenden Zustand. Seine Gliedmaße waren verrenkt, seine Finger, Zehen, Ohren und Teile der Kopfhaut, samt aller Haare waren versengt. Er sah aus wie ein Delinquent nach der Hinrichtung auf dem elektrischen Stuhl. Der Vater reagierte gefasst, die Mutter bekam einen Schreikrampf, die Geschwister realisierten nicht das Ableben ihres Bruders und glaubten nicht recht an das, was sie sahen.
Der Anblick war Fakt. Schnell kam die Polizei herbei. Ein Unfall mit Todesfolge wurde festgestellt. Der Junge war alkoholisiert als der

sich ereignete. Er hat nicht lange leiden müssen. Vier Tage später wurde Phil auf dem zentralen Friedhof begraben.

Am fünften Tag stand Lilli vor der Tür der trauernden Familie. Wie sie da stand und fragend das kleine Köpfchen hin und her wiegte, wie sie sich der niedergedrückten Stimmung anpasste und leise jaulend jammerte, da war sie ein viel geherzter Seelentröster zur rechten Zeit, der die Aufmerksamkeit und Liebkosung mit kurzem Japsen quittierte.

"Die Arme hat hier eine blutige Schramme an der Seite", fiel der Tochter zuerst auf.

Die hatte sie sich an der halb geöffneten Terassentür zugezogen.

Resümee

Regen prasselt gegen die dicken Scheiben aus Milchglas. Die Wasserfäden ziehen sich unregelmäßig zerrissen hinunter zum Sims, wo sie sich zu kleinen Rinnsalen sammeln und zu Boden tröpfeln.
Ich sehe Großmutter an mit ihrem weißen Haar, das ihr faltiges und eingefallenes Gesicht wie ein Heiligenschein umgibt.
Großmutter lächelt.
Großmutter hat ein langes, und wie sie selbst sagte, niemals ganz leichtes Leben gehabt.
Sie entstammt einer alten Kaufmannsfamilie, die nach dem Ersten Weltkrieg ihr ganzes Habe verloren hatte und noch einmal von

vorne anfangen musste. Mit Fleiß, Geschick und Zähigkeit kam sie erneut zu bescheidenem Wohlstand. 1923 wurde Großmutter geboren. Ihre Kindheit verlief, wie sie selbst sagte, zwischen Pflicht und Neigung. Ihre Kindheit war glücklich, ihre Jugend war folgsam, ihre Schulzeit war bravourös. Sie war ein sittsames Mädchen.

Ich sehe sie an.

Großmutter lächelt.

Der nächste Krieg kam. Zu Beginn spürte sie wie alle anderen nichts davon. Im Hochgefühl der anfänglichen Triumphe war sie so euphorisch wie alle anderen. Als sie achtzehn Jahre alt war, verliebte sie sich in einen wunderschönen Jüngling mit blonden Locken, blauen Augen und hervorragenden Manieren. Wie ein Märchenprinz sah er aus in seiner feschen Uniform. Sie konnte sich nicht satt sehen an ihm. Er fiel bei Smolensk. Großmutter trauerte einige Zeit. Schließlich vergaß sie ihn.

Sie war ein sittsames Mädchen. Ich suche die Sittsamkeit ihren Zügen zu entlocken.

Großmutter lächelt.

Das Leben ging weiter. Zwischen Luftschutzbunkern und Bombenhagel, zwischen Durchhaltefilmen und Führerreden verbrachte sie den Rest des Krieges.

Danach kehrte Ruhe ein. Die Folgen der Entbehrungen und die Anstrengung des lang ersehnten Friedens überkamen die Überlebenden. Man war erschöpft.

Man richtete sich neu ein. Auch Großmutter richtete sich neu ein. Sie lernte einen Flüchtling aus Königsberg kennen. Der brachte ein Kästchen mit Schmuck mit. Sie heiratete ihn.
Ich sehe sie an.
Großmutter lächelt.
Großmutter bekam zwei Kinder, einen Jungen und ein Mädchen, meine Mutter und meinen Onkel. Es ging wieder aufwärts, die Geschäfte füllten sich mit einem Male wie von alleine, die Wirtschaft begann zu brummen.
Großmutter, ihr Mann, meine Mutter und mein Onkel kamen wieder zu bescheidenem Wohlstand, kauften sich ein Haus, zogen die Kinder groß. Auch die Kinder bekamen Kinder. Meine Mutter bekam mich.

Großmutters Mann starb an einer Asbestvergiftung, die er sich in einer Fabrik zur Herstellung von Dämmstoffen zugezogen hatte. Nach dem Krieg wurde viel gebaut. Hier stehe ich nun bei Großmutter und betrachte ihr weißes Haar, das wie ein Heiligenschein ihr faltiges und eingefallenes Gesicht umgibt.
Großmutter lächelt.
Noch immer prasselt der Regen gegen die dicken Scheiben aus Milchglas. Noch immer ziehen sich die Wasserfäden unregelmäßig zerrissen bis zum Sims entlang, wo sie sich zu kleinen Rinnsalen sammeln und zu Boden tröpfelten.
Ich wende meinen Blick von Großmutter ab. Morgen ist die Beisetzung.

Der Stiefsohn

Herbstwinde tobten über das Land. Sie fegten die Blättern von den Bäumen und bedeckten die Erde mit einem weichen, goldfarbenen Teppich. Es war Ende Oktober, jener wankelmütige Übergang zwischen zwei Jahreszeiten, der sich bald in den Winter neigen würde. Max spürte die Kälte. Sie kroch an ihm hoch, umgab ihn wie ein unsichtbarer Mantel, sog sich an seinem Köper fest. Sein Rücken schmerzte, seine Gelenke taten weh. Kälte vertrug er nicht. Er verabscheute sie. Aber er hatte gelernt, sie zu bekämpfen, indem er sie ignorierte. Er hörte das gleichmäßige Ticken der Wanduhr. Es war halb drei. In vier Stunden würde dämmernd der Morgen anbrechen.

Kommissar Peters traf am Ort des Geschehens ein. Prompt begab er sich in das Haus, das von einer rotweißen Banderole umgeben war. Ein Polizist, der davor postiert war, leitete ihn mit einer knappen Kopfbewegung in die entsprechende Richtung.
- Alle tot, die ganze Familie.
Sein Kollege trat auf ihn zu.
- Wie?
- Sieht aus als wären sie erfroren.
- Erfroren?
- Man fand sie im Kühlhaus im Erdgeschoss. Der Vater war Eigentümer eines gastronomischen Betriebes.
- Ein Unfall?

- Die Familie, samt Kinder schließt sich versehentlich selbst im Kühlhaus ein. Nein, das halte ich für unwahrscheinlich.
- Gibt es Spuren?
- Die werden gerade gesichert.

Kommissar Peters nickte. Er würde den Täter bald ausfindig machen.

Max fühlte sich wohl. Er bewohnte nun ein spottbilliges, möbliertes Zimmer mitten in der Stadt. Es war höchste Zeit, dass er endlich von Zuhause ausgezogen war, schließlich war er schon einunddreißig Jahre alt. Eine Arbeit und eine Freundin hatte er nicht. Beides wollte er sich nun suchen. Er las in der Zeitung die Anzeigenrubrik durch. Dort suchte man Wachpersonal in einem großen Warenhaus, eine

Aufsicht in einem vor der Stadt gelegenen Vergnügungspark, Hilfe in einer Putzfirma und so weiter und so weiter. Max war unschlüssig, denn er hatte keine Ausbildung. Er untersuchte die Rubrik genauer und stieß auf eine Anzeige, in der Mithilfe im Kühlhaus eines Grossisten gesucht wurde. Von dort sollten tiefgekühlte Waren aller Art in LKWs verladen werden. Die Arbeit begann um vier Uhr morgens, dauerte vier Stunden und wurde vergleichsweise fürstlich entlohnt. Der Grund lag an der Temperatur von unter minus zwanzig Grad, bei der die Waren gelagert werden mussten, um frisch zu bleiben. Kälteschutzkleidung würde von der Firma gestellt werden.
Gut, fuhr es Max durch den Kopf,

vor der Kälte würde er sich schützen können.

So kam es, dass Max sofort bei dem Grossisten anrief, vorstellig wurde, ohne große Umschweife eingestellt wurde und schon zwei Tage später anfing. Man fragte ihn kurz nach seinem Lebenslauf, eine Ausbildung schien nicht wichtig zu sein. Offenbar war Personal für diese Arbeit schwer zu finden. Max war glücklich.

Zwei Tage nach dem Auffinden der Leichen im Kühlhaus bekam Kommissar Peters die Ergebnisse der polizeilichen Untersuchung. Der Tod war in den frühen Morgenstunden durch Erfrieren eingetreten. Eine Fremdeinwirkung lag nicht vor. Die Lungen der Opfer waren angegriffen.

Offenbar hatten sie vor ihrem Tod noch eine Weile um Hilfe gerufen. Doch war das Kühlhaus von der Außenwelt durch eine dicke Stahltür luft- und schalldicht getrennt. Ihre Rufe waren so ungehört verhallt. Es gab viele Spuren. Fingerabdrücke. Sie stammten allesamt von den Opfern selbst. Soviel war sicher: Ein Unfall lag hier nicht vor. Der Täter musste sie ins Kühlhaus gelockt und dort eingeschlossen haben. Nun galt es, den Kreis der Verdächtigen einzuschränken.

Max begann pünktlich um vier Uhr morgens. Mit seinem klapprigen VW tauchte er vor der Rampe auf, ging in die Vorhalle, stellte sich beim Vorarbeiter vor, der ihn mit

Handschlag begrüßte.

- Tag, sie können gleich anfangen.

Max bekam seine Thermokleidung, Hose, Stiefel, Mütze, Handschuhe, alles in dunkelblau. Max bekam einen Spind, in den er die Kleidung, wenn er kam und ging, einschließen konnte. Max wurde durch die Hallen geführt, ihm wurde erklärt, was er zu tun habe, er hatte eine schnelle Auffassungsgabe. Max wurde ein Gabelstapler zugewiesen und begann sofort mit der Arbeit. Nur keine Zeit verlieren. Nur keinen Fehler machen. Nur keinen schlechten ersten Eindruck hinterlassen.

Die folgenden Tage arbeitete Max schnell und ohne Fehler. Er war pünktlich, zuverlässig und folgte willig den Anweisungen des

Vorarbeiters. Ja, Max war beliebt. Zum ersten Mal in seinem Leben fühlte er sich akzeptiert.

Kommissar Peters gründliche Nachforschungen in er Nachbarschaft des Gastwirtes ergaben, dass der noch einen Stiefsohn hatte. Max war sein Name und er war ein Sonderling, der hinten in der Küche die Hilfsdienste verrichten durfte, Kartoffeln schälen, Geschirr abwaschen und dergleichen Dinge mehr. Na ja, kein Wunder, dass er etwas seltsam war, er wurde von der Familie nicht gut behandelt. Er war eine billige Arbeitskraft und diente häufig den anderen als Blitzableiter. Eine eisige Behandlung. Seit dem Vorfall in dem Eishaus ist er nicht mehr gesehen worden. Ob er wohl etwas mit dem Fall zu tun habe. Dies war nicht auszuschließen. Peters beschloss, Max aufzuspüren. Die Suche ergab, dass Max seit zwei Monaten nicht mehr unter der Adresse des Gastwirtes gemeldet war, sondern eine eigene Unterkunft im Zentrum der Stadt bewohnte. Er suchte ihn auf. Er wollte ihm auf den Zahl fühlen.

Peters klingelte an der Tür von Max Zimmer, das direkt unter dem Dach lag. Nach einer Weile wurde ihm geöffnet. Vor ihm stand ein etwas blasser Mann, der ihn mit einem eisigen Blick aus blauen Augen musterte. Peters hätte ihn auf den ersten Blick für fünfundzwanzig gehalten.

- Guten Tag, mein Name ist Peters,

ich bin von der Kripo. Ihre Stieffamilie ist Opfer eines Verbrechens geworden. Ich hätte einige Fragen bezüglich dieses Falles an sie.
Max sah Peters weiter starr und gefühllos aus seinen blauen Augen an. Es war ein geradezu obszöner Blick, der nichts zu verheimlichen suchte, weil nichts zu verheimlichen war, keine Reaktion, keine Emotion. Peters war sofort klar, Max hatte kein gutes Verhältnis zu seiner Stieffamilie gehabt.
- Wussten sie es bereits?
Peters sah Max fragend an.
- Was?
Der antwortete lapidar.
.- Darf ich Reinkommen?
- Bitte.

Max trat beiseite und ließ den Kommissar in das Zimmer.

Dies war penibel aufgeräumt. Kein Stäubchen verunzierte die karge Ausstattung. Steril und keimfrei wie in einer Tiefkühltruhe. Peters fiel auf, dass das Zimmer nicht geheizt war. Er versuchte, gelassen zu wirken.

- Setzen sie sich.

Max versuchte ebenso gelassen zu wirken.

Kommissar Peters lächelte unbehaglich und setzte sich auf einen Stuhl.

- Danke. Folgendes: Sie sind der Stiefsohn der Familie Stöver?

- Ja.

- Bis vor zwei Monaten haben sie noch bei ihr gewohnt.

- Ja.

- Sie haben im Kreis der Familie gearbeitet.
- Hilfstätigkeiten, immer nur Hilfstätigkeiten, von morgens bis abends. Ich wollte frei sein.
- Was arbeiten sie jetzt?
- Bei einem Grossisten im Lager.
- Gefällt ihnen die Arbeit?
- Ist mal was anderes.

Peters war skeptisch.

- Wo waren sie vorgestern Nacht zwischen zwei und fünf Uhr.

Max wurde es ein bisschen warm. Der Bulle war zu neugierig.

- Zuhause habe ich tief geschlafen.
- Waren sie allein.
- Ja.

Peters notierte alles auf einem Bogen Papier.

- Gut. Lesen sie sich das bitte einmal durch. Wenn sie

einverstanden sind, unterschreiben sie das Papier.

Max nahm das Blatt. Er überflog die Zeilen, ohne den Inhalt zu verstehen. Sein Innerstes arbeitete auf Hochtouren. Wut überkam ihn, er biss die Zähne zusammen. Schließlich krakelte er eine Unterschrift auf den Bogen und gab ihn Peters. Der bedankte sich, stand auf, ging zur Tür, Max hielt ihm die Tür auf, wie einem Rind, das durch eine Laufkoppel auf die Weide getrieben werden soll, aufmerksam und ungeduldig wartend. Peters ging, Max schloss die Tür hinter ihm.

Dieser Bulle musste beseitigt werden. Alles was ihn in seinen Plänen stören würde, musste beseitigt werden. Er war ein freier

Mensch. Er hatte ebenso ein Recht zu leben, wie alle anderen. Sollte ihn jemand in diesem Recht beschränken, musste der aus dem Weg geräumt werden.

In dieser Nacht schneite es. Die Flocken legten sich wie eine kalte Daunendecke über die Straßen. Morgen früh würde der Verkehr zum erliegen kommen. Kein LKW würde am Morgen um vier pünktlich vor den Toren der Firma erscheinen. Auch Max selbst würde nicht erscheinen. In dieser Nacht überlegte er, wie er den Bullen aus dem Weg schaffen konnte.

Peters fuhr hoch. Das Telefon läutete. Hartnäckig und ohne Unterlass. Es war halb zwei Uhr in

der Nacht. Am Fensterrahmen sah er, wie sich dichter Schnee ansammelte. Der Winter hatte Einzug gehalten. Das Telefon läutete immer noch. Peters nahm ab.
- Ja.
Seine Stimme klang verschlafen.
- Max Stövers am Apparat. Ich will meine Aussage widerrufen. Ich habe sie getötet. Ich bin nachts mit meinem Schlüssel in Haus eingedrungen und habe sie mit einer Pistole ins Kühlhaus gezwungen. Dort habe ich sie eingeschlossen. Ich bereue zutiefst. Ich werde mich umbringen.
- Warten sie. Ich komme vorbei. In zehn Minuten bin ich bei ihnen.
Die Aussicht auf Beförderung beschleunigte Peters Bewegungen. Schnell war er angekleidet und

eilte zum Wagen. In diesem Schneegestöber würde er wohl nur langsam voran kommen. Er fuhr los. Er musste durch ein Waldstück. Winterreifen hatte noch keine aufgezogen. Nach zehn Minuten im Schritttempo, kam er nicht mehr voran. Die Heizung versagte, die Hupe versagte, die Lichtmaschine versagte. Der Schneefall hielt an. Peters fluchte. Kein anderes Auto war in dieser Gegend um diese Zeit. Er bereute schon, mitten in der Nacht und bei diesem Wetter aufgebrochen zu sein.
Um ihn herum war es stockfinster. Er fror. Er hatte keine Wahl. Er musste bis zum Morgen in dem Wagen bleiben.

Am nächsten Vormittag wurde Kommissar Peters vom Fahrer eines Schneeräumdienstes erfroren in seinem Wagen gefunden.

Schneegestöber kroch über das Land, Reinigte die Erde mit einer weichen, weißen Kälte. Es war Ende November, bald würde sich das Jahr dem Ende zuneigen.

Die Erbschaft

1788. Heftige Windböen fegten die braunen Blätter über die Straßen, wirbelten sie umher, trieben sie weiter, ließen sie an Hindernisse geraten, an denen sie in ihrer chaotischen Bewegung aufgehalten, liegen blieben, um sich durch den plötzlichen Wechsel der Windrichtung aus ihrer Bewegungslosigkeit zu lösen und weiter getrieben zu werden.
Es war kurz vor Mitternacht. Der Marquis de Serrault saß am Feuer und wärmte sich gerade die klammen Finger als jemand dreimal mit dem schweren Messingklopfer gegen die, mit wertvollen Schnitzereien verzierte Tür schlug. Der Marquis schrak auf. Wer mochte das sein zu

dieser späten Stunde. Die Dienerschaft lag bereits zu Bette, so dass er sich selbst daran machte, die Tür zu öffnen. Draußen standen zwei schwarz gekleidete Männer, drängten den Marquis zur Eile. Sein Vater sei schwer erkrankt, läge schon im Sterben, er möge ihn so schnell als möglich aufsuchen. Jener hätte ihm eine Erbschaft mitzuteilen. Die Sache dulde keinen Aufschub. Der Marquis de Serrault, aufs Äußerste erschrocken, nahm sich zusammen. Schreck wich der Hoffnung, Lähmung wich dem Aufbruch. Eine Erbschaft, Reichtümer gar, wie hatte dies der Marquis, den das Glücksspiel arm gemacht, all seiner Pfründe beraubt, nötig. Der Marquis warf sich schnell einen Mantel über und folgte den beiden vermummten Gestalten in eine Kutsche. Flugs ging es zu seinem Vater, der auf dem Landsitz der Serraults bettlägerig seines Sohnes harrte. Der, sobald angekommen, warf sich auf die Knie, vergrub sein Gesicht in den Händen. Trauer verströmte er, nach allen Seiten, als wolle er nicht nur den Anwesenden im Raume, sondern auch sich selbst glaubhaft machen, sein Schmerz sei unendlich. Die Aussicht auf die Erbschaft beflügelte die Laute der Trauer, die Hoffnung auf Wohlhabenheit trieb an die Klagen über den Verlust. Tatsächlich hatte er seinen Vater seit Jahren nicht mehr gesehen. Der Vater wandte sich an ihn, langsam, schwach, vom Tode nur noch wenig entfernt. Er wies auf den Nachttisch, auf dem neben einer fast zu Ende gebrannten Kerze ein Kästchen stand.

Dies Kästchen einen Schatz enthalte, an den er nur gelangen würde, wenn er des Schlüssels dazu habhaft werde. Der allerdings sei bei ihm, dem Marquis, aufbewahrt. Überdies das Kästchen seit zwei Jahrhunderten unberührt sei, da dessen Besitz an eine Bedingung geknüpft sei, die einzugehen, die Vorfahren der de Serraults sich seit Generationen gescheut hätten. Er ebenso. Man würde die Erbschaft annehmen, sobald das Kästchen geöffnet worden sei, ungeachtet des Inhaltes.

Der Marquis de Serrault erbleichte. Hin und her gerissen zwischen der Gier nach Reichtum und dem Mangel

an Mut ergriff ihn Verwirrung. Ein Stammeln kam über seine Lippen.
Wo denn der Schlüssel zu dem Kästchen verborgen sei.
Im Garten des Marquis, neben der großen Eiche. Wohl müsse er tief graben, der Schlüssel schon seit sehr lange in der Erde liege.
Ein letztes Aufbäumen gegen den Tod durchfuhr den Vater des Marquis, ein Beben des Körpers, bevor er sein Leben aushauchte.
Stille.
Der Marquis de Serrault harrte noch einige Zeit ratlos am Bette aus. Bang sah er zum Kästchen hin. Im Flackern des niederbrennenden Kerzenlichtes wurde das mit Perlmutt besetzte Behältnis zu einem Phantom, dessen viel gestalte Schatten unwirklich an der Wand

waberten.

Gleichwohl war der Marquis de Serrault vom Besitz des möglichen wertvollen Inhaltes überwältigt. Er sah die Leiche seines Vaters an. Es war ein ungläubiges Staunen, eine Verwunderung über die plötzliche Metamorphose, die Wandlung vom Leben zum Tod.

Brüsk erhob er sich. Keinen Gedanken mehr wollte er an den Tod verschwenden, dessen letztes Geheimnis keinem Lebenden zugänglich war. Es galt, keine Zeit zu verlieren. Er hatte sich entschieden. Er wollte das Kästchen unverzüglich in seinen Besitz bringen, ungeachtet der Vorbehalte, die sich mit ihm einfanden.

Er eilte, wies die beiden schwarz vermummten Gestalten an, ihn so schnell als möglich zu seinem Landsitz zurück zu bringen. Im Laufschritt, beflügelt von Gier, hastete er nach draußen in die Dunkelheit. Widerspruch regte sich. Die Kutsche durch die Dunkelheit zu lenken sei sehr riskant. Man sollte besser bis zum Tagesanbruch an Ort und Stelle Quartier nehmen. Der Marquis indes schlug die Vorsicht in den Wind. Die Begleiter scheuten zurück, wurden zurück gelassen, der Marquis ließ sein Ross satteln und machte sich allein auf den Weg durch das unwegsame Gelände.

Der Marquis lenkte den Rappen über das Gelände, schnell trabte das Pferd durch den Wald, der in der grauen Dämmerung des beginnenden Morgens verschwommen zu beiden Seiten des Weges zu erahnen war.

Der Marquis, getrieben von der Aussicht auf baldigen Reichtum, trieb das Pferd erbarmungslos an und ließ es wie um sein Leben laufen. Trab wurde zu Galopp. Unsichtbar wirbelten die Hufe Sand und Steine auf, trieben sie dem Marquis ins Gesicht, dass der sich die Augen reiben muss, das brennende Jucken loszuwerden. Nur eine unwillkürliche Bewegung des Zügels, der das Pferd im Zaume halten sollte und der Marquis verlor die Kontrolle. Er versuchte, das Pferd anzuhalten, das um so schneller lief.

- Halt, zur Hölle!

Es war der letzte Aufschrei, den der Marquis von sich gab, als er die große Eiche entdeckt hatte. Drauf wurde der Marquis gegen einen Stamm geschleudert und brach sich das Genick, der Rappe lief in Panik davon.

Stunden später entdeckte ein vorbei fahrender Kutscher das Unglück, sah den Marquis mit blutig aufgeschlagenem Schädel, verdrehtem Hals und in der Sekunde des Todes vor Entsetzen weit aufgerissenen Augen am Boden liegen. Er eilte zum Gut des des alten Serrault, der die Nacht zuvor verstorben, gab der Dienerschaft Kunde von dem Unglück. Prompt war man zur Stelle, bedeckte den Leichnam, brachte ihn fort, entdeckte neben dem Leichnam ein halb in der Erde vergrabenes Kästchen, worin die Erbschaft sich befinden sollte. Darin fand man einen vergilbter Zettel, worauf in verblasster Schrift geschrieben stand: *Habsucht macht arm, bei allem Reichtum.*

Der Glücksbringer

Januarabend. Eiseskälte löste sich auf in plötzlichem, heftigem Schneefall. Das erste Mal in diesem Winter schneite es. Zuvor schien es, als läge die Zeit mit sich selbst im Streite. Lautlos wurde das Land von einer weißen Pracht bedeckt, gereinigt, erneuert.
Inmitten eines kleinen Dorfes. Seit Generationen lebten die Einwohner hier vom Holzhandel, fuhren mit ihren Pferdekarren in die unermesslichen Wälder, fällten Bäume, schlugen Holz, verkauften es. Doch in letzter Zeit gingen die Geschäfte nur mäßig. Seit man das Hüttenwerk mit all seinen Maschinen errichtet hatte, blieben die Holzhändler auf ihren Waren sitzen,

die Einnahmen schrumpften, bald, so munkelte man, werde man des Fortschritts wegen hungern und frieren müssen.

Auch der alte Binder, der ein wenig abgelegen in einer Hütte lebte, machte sich Sorgen. Schon immer war es sein Plan gewesen, seinen Söhnen Karl und Andreas den Holzhandel zu vererben. Sie, die nichts anderes gelernt hatten, würden nichts anderes beherrschen. Und so trieb den alten Binder die Furcht um, seine Söhne würden Opfer der neuen Zeit werden. Ganz besonders Andreas, der Jüngere, lag ihm am Herzen. Andreas war der hübschere, der klügere von beiden, freundlich zu jedermann, gütig zu allen. Er förderte die Geschäfte, und wenn sein Bruder Karl ihm vor Missgunst böse begegnete, dann sah er für gewöhnlich zur Seite. Das Verhältnis zwischen den beiden Brüdern war geprägt von Eifersucht einerseits, Nachsicht andererseits und der beiderseitigen Bemühung, sich aus dem Weg zu gehen. Dies hatte unter stabilen Verhältnissen, wie sie seither vorgeherrscht hatten, einigermaßen funktioniert. Doch nun, da sich die Zeiten änderten, da wurde das brüderliche Gleichgewicht auf eine harte Probe gestellt. Der alte Binder war bedrückt, als er am abendlichen Feuer saß und in die zuckenden Flammen sah. Noch hatte er es seinen Söhnen nicht mitgeteilt. Er würde seinen Handel an das Holzwerk verkaufen und den Erlös gerecht verteilen. Andreas würde den

größten Anteil bekommen, sich in die Holzfabrik einkaufen und es dort zu etwas bringen. Er selbst würde auch einen Teil behalten. Karl hingegen -. Der alte Binder seufzte ein weiteres Mal gramvoll. Gleichwohl geschah es so.
Der alte Binder verkaufte seinen Holzhandel an die Fabrik, verteilte das Geld wie beabsichtigt. Andreas bekam drei Fünftel, Karl bekam ein Fünftel. Er selbst behielt den Rest. Andreas kaufte sich in die Firma ein. Karl ließ sich von der Firma einkaufen. Während mit der Zeit Andreas zu Wohlstand kam, ein Haus baute und eine Familie gründete, bekam Karl gerade am Ende des Monats soviel, dass er am nächsten Monat wieder abhängig war vom kargen Lohn, in einer Mansarde

wohnte und keine Familie gründete. Ein Jahr später starb der alte Binder. Zur Beerdigung kamen beide Söhne. Selbst in Gegenwart des Todes sah man ihnen die Unterschiede an. Kam Andreas in einer Equipage vorgefahren, erschien Karl zu Fuß. Hatte Karl seither den Unterschied zu seinem Bruder nie mehr als über eine Ahnung hinaus verspürt, traf ihn die Wirklichkeit nun mit aller Wucht. Wie ehedem kochten Wut und Missgunst in ihm hoch. Er fühlte Hass und wollte Rache. Als Andreas ihn großzügig zum Leichenschmaus einlud, wollte er dies zunächst ausschlagen, sich davon machen, besann sich dann, nickte, nahm die Einladung an. Niemand sollte seinen Unmut sehen.

Während des Mahls sprach er nicht viel. Pläne kamen ihm in den Sinn. Je länger er seinen pittoresk und barock trauernden Bruder ansah, desto mehr reifte in ihm die Absicht, ihn ungeschehen zu machen, ihn zu töten, aus der Welt zu schaffen, so gründlich, dass jedes vergangene und künftige Andenken an ihn verschwinden würde. Nichts sollte von ihm bleiben. Nachdem der Schmaus beendet war, verließ Karl kurz angebunden zu allen Gästen den Gasthof und machte sich davon. Man hielt es für Trauer und hatte Verständnis. Indes Karl die Gegenwart seines Bruders nicht mehr ertrug. Auch Andreas hatte Verständnis für Karl, bedauerte ihn des großen Grams wegen, den zu erdulden ihm nicht erspart blieb, setzte sich in die Equipage und fuhr davon. Auch die restlichen Trauergäste zerstreuten sich.

In der folgenden Zeit reifte Karls Plan, seinen Bruder aus der Welt zu schaffen. Da er abergläubisch war, ging er am Samstag hinunter ins Dorf und kaufte sich einen Talisman, eine kleine Katze aus Holz. Er wollte sie bei sich tragen, wenn er seinen Plan durchführte, auf dass er gelingen möge.

Dann bereitete er alles vor. Er gab Andreas Kunde, wollte ihn treffen, hatte ihn doch ein großes Missbehagen ergriffen, dass wenn jemand, dann nur er, zu lindern vermochte. Ja, er, Karl, bräuchte den Beistand seines Bruders. Dringend! Karl wolle seinen Bruder umarmen, schluchzend vor Dankbarkeit, wolle in der Reinheit der Natur um die Vergebung seiner lässlichen Gedanken flehen. Er müsse ihn unter vier Augen sprechen -.

Tatsächlich jedoch hatte Karl von alledem nicht das Geringste im Sinn. Er wollte seinen Bruder zum Wasserfall locken und hinunter stürzen. So machte er sich denn auf den Weg.

Drei Wochen später wurde Karls aufgetriebener Leichnam von den Stromschnellen erst in ruhigere Gewässer und von da aus ans Ufer gespült. Erschrockene Laute meldeten das Unglück. Die Kunde verbreitete sich schnell, gelangte zu Andreas, der eilte, seinen

Bruder als solchen anzuerkennen. Was geschehen sei, erschrak sich Andreas, er wohl bei einer Wanderung vom Felsen gestürzt und ertrunken sei, gab man ihm Antwort. Den Grund durch eine Untersuchung des Leichnams herauszufinden, sei infolge der fortgeschrittenen Dekomposition nicht mehr möglich. Schnell wurde das Begräbnis organisiert, der Leichnam in das Grab gesenkt, das Grab geschlossen. Nur wenige kamen, von dem im Leben Unglücklichen Abschied zu nehmen.
Auch Andreas war gekommen, stand gesenkten Hauptes am Grab, hatte sich tief in einen schwarzen Mantel gehüllt. Kälte löste sich auf in plötzlichem heftigem Schneefall. Das erste Mal in diesem Winter schneite es. Langsam öffnete

Andreas die Hand. Er sah sich den hölzernen Glücksbringer versonnen an. Ein mildes Lächeln huschte über sein Gesicht.

Der Musterknabe

Ich stamme aus einer einflussreichen Familie, deren Linie sich bis ins Jahr 1329 zurückverfolgen lässt und die seit Jahrhunderten rege Handelstätigkeit in aller Welt entfaltet hat. Im fünfzehnten Jahrhundert segelte ein spanischer Vorfahr mit Kolumbus nach Amerika, um Kaffee, Kakao und Zuckerrohr nach Europa zu importieren. Im sechzehnten Jahrhundert kaufte sich ein Lord Moritimer Square, ein Verwandter des englischen Königshauses - ebenfalls ein vielfach verzweigter Vorfahr meines Vaters - ein riesiges Handelsschiff und fuhr damit die afrikanische Westküste entlang, um Kap Horn herum, geriet in einen heftigen Sturm, wäre fast untergegangen, hatte Tapferkeit wie Glück, kam nach Arabien, führte seltene Gewürze, Tee, Datteln und süßen, starken Likör nach Europa ein. Damit nicht genug. Geschick mehrte den Reichtum. Umsicht minderte das Risiko. Bald zogen sich die familiären Bindungen und Einflüsse fein gewebt wie das Netz einer Spinne in alle Richtungen um den Globus. Ja, der Reichtum wurde so gewaltig, dass der Handel bald der Verwaltung des Vermögens wich. Vorsicht und Misstrauen hielten den Reichtum zusammen. Dennoch gönnten sich meine Vorfahren einen luxuriösen Lebensstil, der sämtlichen möglichen Annehmlichkeiten nicht entbehrte. So kaufte man sich einen

Palazzo in Venedig und hielt Verbindungen zum Dogen Pedro, einem Verwandten Karl V., hielt mit vielen gekrönten Häuptern Hof, tafelte mit ihnen, gab Feste im eigenen prachtvollen Anwesen. Als eines Tages die schöne Tochter des Dogen Patrizia mit einem Verwandten des französischen Sonnenkönigs vermählt wurde, da war der Gipfel der Macht erreicht. Man wurde des Vermögens wegen zu einem Favoriten des verschwenderischen, geschminkten und überladenen Königs von Frankreich. Man lieh ihm Geld, Gold und Diamanten. Dies verprasste er ebenso skrupellos und großspurig wie die Früchte der von ihm ausgepressten Kolonien und Untertanen. Als Gegenleistung gewährte der König ungehinderten

Zutritt zu seinem Palast und die Möglichkeit in seinem Glanze zu glänzen. Meine Vorfahren gingen als die Fugger des Sonnenkönigs in die Geschichte ein. Das Blatt wendete sich. Das Volk begehrte auf, stürmte die Bastille, schnitt der Königin den Kopf ab und wurde bald von anderen Despoten regiert. Mein Vorfahr aus dieser Zeit konnte im letzten Moment vor den Kokarden nach Deutschland flüchten. Ein großer Teil des Vermögens war verloren, doch es war immer noch groß genug,
um sich eine neue lukrative Existenz aufzubauen. Im der Nähe von Potsdam gründete er einen Geldverleih zu günstigen Konditionen. Der wurde genützt, geschätzt und sprach sich bald

herum. Er gelangte auch bald dem König von Preußen zu Ohren. Der horchte auf, erkundigte sich bald nach einem günstigen Kredit, denn er brauchte Mittel, seine Kriege gegen Frankreich zu führen. Mein Vorfahr gab ihm diese Mittel und damit die Möglichkeit, ein waffenstarrendes Heer aufzubauen, vor dem Europa bald zitterte. Der König Friedrich siegte und siegte und auch mein Vorfahr siegte. Seine Einnahmen durch die riesigen Reparationen des besiegten Gegners wuchsen und wuchsen. Ja, es war eine aufgeklärte Zeit. So kam es, dass mein Vorfahr und dessen Nachkommen sich , trotz Verbindungen ins europäische Ausland, nach Amerika und Asien, dauerhaft in Deutschland niederließen. Man feierte viel am Hofe von Sanssoussi, gab musikalische Soireen, literarische Matineen, pflegte Verbindung zu den großen Geistern der Gegenwart. Ja, Friedrich war ein musischer König.

Das neunzehnte Jahrhundert war gekommen. Schiller starb drei Jahre darauf, Goethe lebte noch weitere zweiunddreißig, Beethoven schrieb bis 1827 insgesamt 498 Werke. Weimar wie Wien, an allen Orten, die bedeutsam genug schienen: meine Vorfahren waren dort. Auch pflegten meine Vorfahren die schönen Künste, förderten sie nach Leibeskräften, traten als Mäzene auf und verschafften sich so Zutritt zu mondänen Salons. Der Ruhm mehrte sich, der Reichtum schwand. Das Vermögen meiner

Vorfahren verminderte sich infolge ausbleibender Einnahmen und großer Ausgaben von zuvor 300000 Gulden auf 100000 Gulden . Es war an der Zeit wieder ans Geschäft zu denken. Meine Vorfahren suchten Investitionsobjekte. Und wie immer in den letzten zweihundert Jahren der Familiengeschichte bot die Kriegswirtschaft einen fruchtbaren Boden. Die Befreiungskriege gegen Napoleon kosteten vielen Menschen das Leben und spülte viel Geld in die Kassen derjenigen, die daraus Profit zu schlagen verstanden. Dazu gehörten meine Vorfahren. Sie zweigten 60000 Gulden ab und liehen beiden verfeindeten Seiten Geld. Als Napoleons Armee bei Austerlitz geschlagen wurde, fielen meinen Vorfahren sowohl eine Menge dankbarer Gulden einerseits, andererseits Ländereien der französischen Seite zu. Ja, es war eine siegreiche Zeit. So waren meine Vorfahren nach den Kriegswirren wohlhabender denn je. Man baute ein Palais bei Eltville und residierte fürstlich. Viele Künstler kamen, und gaben im Palais Wohltätigkeitskonzerte für die Opfer der Befreiungskriege. Gleichwohl später, auch der nächste Krieg fand statt. Im Jahre 1870 stieg mein Vorfahr wiederholt in den Waffenhandel ein, belieferte diesmal allein die deutsche Seite mit Waffen aus Frankreich und hatte mit dieser Entscheidung die profitabelste Wahl getroffen. Im Jahre 1871 war er einer der reichsten Männer des Landes und war damit predästiniert, in die Politik einzusteigen.

Ja, es war eine einflussreiche Zeit.

Die Jahre vergingen, meine Vorfahren betrieben Weltpolitik. Von der Reichsgründung bis zum nächsten Krieg. Immer waren sie entscheidend beteiligt an den großen Würfen der Weltgeschichte. 1914 war einer meiner Vorfahren im wehrfähigen Alter. Er starb in Frankreich und hinterließ eine große Lücke. Von nun an hatten meine Vorfahren unschätzbares ideelles Kapital angesammelt. Der gefallene Held bekam ein Denkmal. Ihm zu Ehren wurde einmal im Jahr, am Tag seines heldenhaften Todes für das Vaterland, ein Kranz niedergelegt. Die entbehrungsreichen Jahre gingen ins Land, meine Vorfahren entbehrten nichts. Sie hatten ihr Kapital in die Schweiz transferiert und somit unangreifbar gemacht. Zwar verloren sie ihre Länder auf der linksrheinischen Seite an Frankreich, doch ihr Kapital wurde von der Inflation nicht berührt. Bis die Krise überstanden war, zogen sie sogar ihre Kapital hinterher, mehrten es durch geschicktes Vorgehen, beließen es Vorort, zogen wieder zurück und lebten gut im Gegensatz zu den meisten anderen Einheimischen, die sie misstrauisch und missgünstig beäugten.

Ja, es war eine tapfere Zeit.

Meine Vorfahren wussten auch die weiteren Jahre vorbildlich zu meistern, sie engagierten sich wie ehedem in der Politik, ließen sich ins Parlament wählen, diskutierten, lamentierten, erließen Verordnungen, machten Gesetze, saßen stundenlang bei ergebnislosen Beratungen, hielten Konferenzen ab, trafen Diplomaten aus aller Herren Länder, verbeugten sich, gaben Hände, verbeugten sich, gaben Hände. Irgendwann wurden sie mit einem Male aus dem Parlament verbannt. Es gab das Parlament nicht mehr. Vor heute auf morgen hatte sich alles geändert. Nun paradierten Uniformierte auf der Straße, verkündeten schreiend die momentane Wahrheit in die Welt hinaus und zwangen jeden dazu, die momentane Wahrheit mitzuverkünden. Meinen Vorfahren war der zwischenmenschliche und politische Spagat über die Jahrhunderte hinweg in Fleisch und Blut übergegangen. So wussten sie auch diesmal das passende Gewand für sich zu suchen. Sie fanden es schnell. Sie zogen sich eine Uniform an und verwiesen auf das Heldendenkmal. Fortan ging es aufwärts. Man reüssierte, indem man sein großes Kapital in die Kriegswirtschaft warf, denn schnell hatte man erfasst: Der nächste Krieg stand schon in Haus. Anfänglich lief alles wie geplant, die Siege mehrten das Kapital, das Kapital mehrte sie Siege. Doch nach einer Weile wendete sich das Blatt. Der große Feldherr verlor den Sinn für die Realität und die Siege verwandelten sich Niederlagen. Man roch den Braten, der zu lange der Hitze ausgesetzt worden war und sich gleichsam vom duftenden Schmaus zum verkohlten Fraß wandelte. Seine Teil des Bratens verstand man rechtzeitig vom Herd zu nehmen. Schließlich entledigte man sich prompt der Uniform.

Ja, es war eine windige Zeit.

Schnell siedelte man ins kleine Nachbarland über. Eine Weile blieb man dort. Doch die Zeit vorwusch die Erinnerung. Meine Vorfahren wagten sich wieder in ihr Heimatland. Dort hatten sich die Fanatisierten zu ehemaligen Widerstandskämpfern und aufrechten Demokraten gewandelt. Eine völlige Veränderung war eingetreten. Meine Vorfahren sahen dies mit zunehmender Begeisterung. Dies war das Paradies, der perfekte Nährboden für ihre ausgeprägte Begabung, aus jeder Situation den größten Vorteil für sich heraus zu schlagen. Diesmal wurde ihnen alles leicht gemacht. Nun waren die Möglichkeit unbegrenzt, kein Doge, kein Kaiser, kein Feldherr, vor dem man sich verbiegen musste, gängelte einen mehr. Man war frei und durfte es sagen.

Die Jahre gingen ins Land, die Jahre gehen ins Land, die Jahre werden ins Land gehen. Ich bin der jüngste der Linie. Ich heiße Victor. Ich bin der künftige Kanzler.

Schwarzer Sonntag

Es war ein kalter Sonntag Nachmittag im November. Die Sonne kam hinter der Hochnebeldecke nicht hervor. Dunkelbraune Blätter bedeckten wie ein vermodertes Leichentuch die kalte Friedhofserde. Die Luft war ohne Regung.
Pamela Peterson, vierundachtzig Jahre alt, saß in einen schwarzen Mantel vergraben im Rollstuhl und wurde von ihrer Tochter Irmela den mit Kastanienbäumen gesäumten Friedhofsweg entlang geschoben. Blätter wurden von den großen Gummirädern knisternd zermahlen. Beide Frauen schwiegen. Sie befanden sich in einem schockartigem Zustand der Trauer.

Eine Lähmung hatte sie gefangen genommen, ein Zustand zwischen anhaltendem Unglauben und dem allmählichen Annehmen der Wirklichkeit. Nadine, ihre junge Nachbarin, hatte sich erst mit einer Überdosis Schlaftabletten betäubt und war danach aus dem Fenster gesprungen. Die Kälte hatte ihres dazu getan, um sie schnell ins Jenseits zu befördern. Nun war Stillstand, ein Zustand ohne Raum, ohne Zeit, ohne Vergangenheit, ohne Gegenwart, ohne Zukunft. Vor einer Woche hatte sich dies zugetragen und vor drei Tagen war das Mädchen begraben worden. Nun lag es eingeschlossen in einer Kiste, zwei Meter tief in der Erde vergraben, auf dass sie selbst zu Erde werde, eine Vorstellung, die für gewöhnlich bei den Lebenden Grausen hervorruft.

Pamela Peterson und ihrer Tochter Irmela wollten Nadines Grab besuchen. Es war eine riesige Friedhofsanlage, die zu Beginn des neunzehnten Jahrhunderts angelegt worden war. Ausladende Mausoleen und große Skulpturen trauernder, in sich versunkener Grazien zierten die langen Wege genauso wie schlichte, verwitterte Grabsteine und Holzkreuze aus jüngerer Zeit. Raben saßen auf den Grabsteinen. Eichhörnchen huschten über die Gräber.

Man hatte den beiden Frauen gesagt, sie sollten sich etwa bis zur Mitte der Anlage begeben und von dort aus den Weg nach rechts einschlagen. Sie würden das frische Grab dann schon von weitem erkennen. Schnell wurde man fündig.

Nadines Grab war beladen mit Blumen und frischen Tannenzweigen. Kerzen brannten. Auf den Banderolen der Kränze waren die üblichen, in Inschriften zu lesen. *In Liebe, deine Eltern und Geschwister. Niemals vergehet die Liebe. Ein letzter Gruß von Freunden und Kollegen* und so weiter und so fort. Auf dem schlichten Holzkreuz stand zu lesen *Nadine 1983-2008*. Es roch nach nasser, frischer Erde. Als Pamela Peterson in ihrem Rollstuhl vor dem Grab stand, löste sich plötzlich ihre Erstarrung. Die Trauer hatte sie unbeweglich gemacht. Nun, da sie der toten Nadine nahe war, kam Leben in sie. Sie schien zu zerfließen, ihr

Gesicht seine Züge zu verlieren, kaum dass sie zu erkennen war, ihre Augen füllten sich mit Tränen, verschwammen, röteten sich. Aus ihrem zahnlosen Mund entwanden sich Töne tiefster Klage, Töne der Trauer und des Schmerzes. Sie schluchzte hemmungslos, während ihre Tränen in ein zerrissenes Stofftaschentuch flossen. Gram warf sie in ihrem Rollstuhl vor und zurück wie den Insassen eines Autos während einer Vollbremsung. Seit langer Zeit war nicht mehr so viel Leben in ihr gewesen wie jetzt. Ihre Tochter Irmela stand hinter ihrem Rollstuhl und schaute sich um. Hoffentlich konnte sie jetzt niemand hören und sehen. Drauf begann die Alte zu beten und Zwiesprache mit der Verstorbenen zu halten. Sie vergrub ihr runzeliges Gesicht in ihren noch runzeligeren, von braunen Flecken übersäten Händen. Ein kaum verständliches Stammeln kam aus ihrem hohlen Mund, in dem sich lallend ein rosa Zungenklumpen hin und her bewegte, begleitet vom Zucken der knochigen Schultern, einem Schütteln des von wenigen grauen Haaren bedeckten Kopfes, weiteren Schluchzern und Tränen. Die Alte hatte einen hochroten Kopf vor Anstrengung. Ihre Tochter stand reglos.

"Wie konntest du nur - wie konntest du mir das antun - so hübsch - so jung."

Die abgerissenen Satzfetzen zerstachen die kalte Friedhofsluft.

"Gott soll sie ihrer Seele gnädig sein."

Ein kaum hörbarer, der Situation unangemessener Ton entrang sich auf einmal ihrer trockenen Kehle. Er klang wie das Krächzen der auf den Grabsteinen sitzenden Raben. Sie erhob ihren tränenverschleierten Blick zu ihrer Tochter. Ihr trockener und leerer Mund war zu einer Art Lächeln verzerrt. -
"Hast du schon getroffen?"
Pamela Petersons Tochter legte ihre warme Hand auf die kalte, fleckige, runzelige Hand ihrer Mutter und nickte beruhigend.
Gleich morgen würde sie ein neues Inserat in die Zeitung setzen.
Kleine Wohnung frei, renoviert, möbliert, 1. Stock, 250 Euro warm, gerne zu vermieten an ehemaligen Insassen des psychiatrischen Krankenhauses zwecks Integration.

Schweigend schob Irmela ihre Mutter Pamela Peterson über den mit braunen Blättern bedeckten Friedhofsweg zurück nach Hause.

Liebe kennt keine Grenzen

Es regnete in Strömen. Heftiger Wind trieb die dicken Wasserfäden hin und her und zersprengte sie zu einer zerrissenen Fontäne. Es war ein herbstliches Unwetter wie jedes Jahr im Oktober. Wasser klatschte auf Häuserwände und an Fensterscheiben. Wasser klatschte auch auf die Hauswand und die Fensterscheiben von Cornelius Copelius.
Cornelius Copelius hörte von seinem Zimmer aus das Pfeifen des Windes vor dem Haus, er hörte das Prasseln des Regens am Fenster. Er war heute Abend unkonzentrierter als an manch anderen Abenden, so dass er die stürmische Naturgewalt nur wie durch einen Schleier hindurch

wahrnahm, verschwommen und gedämpft. Der Schmerz des Verlustes peinigte ihn. Eine schreckliche Krankheit hatte seine Geliebte Cornelia hinweggerafft. So jung wurde sie durch die Ungerechtigkeit Gottes oder des Teufels dem Tod ausgeliefert worden. Die Qual machte keinen Unterschied. Cornelius senkte sein Haupt, er sah auf seine geballten Fäuste, die weißen Knöchel, er kämpfte mit zusammen gebissenen Zähnen gegen den Schwall von Schmerz an. Sollte er dies je überstehen - ?
Gleichwohl, Cornelius, wenn er seiner Geliebte gedachte, verschaffte ihm dies Trost, so als würde sie im Augenblick des Gedenkens zu neuem Leben erwachen. Vor wenigen Tagen erst hatte er sie

zu Grabe getragen, hatte ihr bleiches Antlitz ein letztes Mal betrachtet und berührt, bevor der Sarg geschlossen und sie für immer in Finsternis gehüllt wurde. Wie friedlich sie da lag. Bei ihm mischte sich Schmerz mit Erleichterung, ihr schweres Leiden hatte nun ein Ende. Vollkommener Friede würde sie umgeben wie ein samtenes Gewand. Und doch wusste er, sie war bei ihm. Ja, er empfand Trost –.

Cornelius hörte das plötzlich laute Aufheulen des Windes, das geräuschvolle Trommeln des heftigen Regens gegen die Fensterscheiben der schwach beleuchteten Stube, in der er saß. Irritiert sah er hoch, wand sich mühsam aus seiner Phantasie, sah das rüttelnde

Fenster, das unter den Rahmen eindringende Wasser, die unschönen Schlieren an den Scheiben. Es machte ihn eilen, das Fenster fest zu verschließen, dem Chaos, der Auflösung Einhalt zu gebieten, kein Unschönes sollte von Draußen zu ihm dringen, nichts, das den Frieden stören sollte.

Dennoch, das Pochen wurde heftiger, so schauderhaft laut, dass Cornelius von dem Gedanken abkam, es handele sich dabei allein um die begleitenden Umstände des Unwetters. Er wähnte es diesmal aus einer anderen Richtung, aus Richtung des Eingangs, worauf, da er eben dort hinsah, sich offenbarte: Jemand klopfte laut und fordernd gegen die hölzerne Täfelung der Tür.

Cornelius stand der Schweiß auf der Stirn. Mit panisch stierem Blick drängte sich sein Bewusstsein zur Realität durch, ein Umstand, der ihn sich wie ein Tier in der Falle fühlen ließ, gleichermaßen fortstrebend wie gelähmt. Er hörte laute Stimmen von draußen her, gebieterisch forderten sie, er möge unverzüglich öffnen, andernfalls man dies gewaltsam selbst zu übernehmen gedächte, die Gendarmerie sich eingefunden hätte. Cornelius, der einsah, es sei das Beste, dem Drängen nachzugeben, stand auf, wankte zu Tür, schaffte es, den zurückzuschieben, bevor die Hüter des Gesetzes mit Gewalt eindringen konnten. Die Tür sprang auf, zwei Gendarmen und ein Wächter fassten ihn sogleich. Heftiger

Winde trieb ihnen den Regen klatschend in Antlitz, während sie laut artikulierten. Er verstand sie.

- Ja, Cornelia weilte im hellblauen Gewand Nebenraum. Er hatte sie aus ihrem Grab geraubt.

Die Meisterköchin

Clarissa Corbelius war eine leidenschaftliche Köchin. Seit sie denken konnte, wurde alles, was essbar war, Mittel zum Zweck ihrer kulinarischen Vorlieben. Sie war dreiundfünfzig Jahre und vor kurzem wegen eines Hüftleidens in Pension geschickt worden. Die Arthrose hatte ihr schon seit einiger Zeit heftige Schmerzen bereitet. Das Hinken ließ sich nun nicht mehr verbergen. Davor war sie Beiköchin in einem großen Hotel gewesen, in dem Gäste aus aller Herren Länder und Berühmtheiten aus allen Klatschgazetten der Welt abstiegen. Die Schönen und die Reichen. Jawohl. Dort hatte sie den ganzen Tag lang vor dampfenden Töpfen und brutzelnden Pfannen gestanden. Leider konnte sie auf diese Weise ihre Leidenschaft nie ausleben, denn dort war sie nichts weiter als eine Zutatenbeschafferin, eine Art Wasserträgerin für die vorwiegend männlichen Meisterköche gewesen. Doch nun, da man sie arbeitslos gemachte hatte, hatte sie endlich die Zeit, alles nachzuholen, was sie während ihrer beruflichen Tätigkeit entbehren musste. Sie wälzte Kochbücher, sammelte Rezepte, die sie aus Frauenzeitschrift ausgeschnitten hatte, studierte Gourmetführer aus aller Welt, die ayurvedische Küche, Lexika über seltene Gewürze, Bücher über Speisen der alten Griechen und Römer, über Speisen des Mittelalters, über die kulinarischen Genüsse aus der Zeit Heinrich des Achten, Almanache über die dekadenten, geschmacklichen Auswüchse zur Zeit Ludwig des Vierzehnten. Ihr Wissensdrang war unersättlich. Clarissa Corbelius kochte alles nach, experimentierte, steigerte ihr Können, wurde zu einer Meisterköchin im Privaten. Sogar ihr Ehemann bedachte ihre Kochkünste nach anfänglichem gewohnheitsmäßigem Nörgeln mit Anerkennung, indem er ihre mühevoll und zeitaufwendig zubereiteten Speisen wortlos und gierig herunter schlang. Ja, Clarissa Corbelius war zu einem Genie der Kochtöpfe geworden. Und wie jedes Genie fand sie keine Ruhe bevor sie nicht eine Lösung für das gefunden hatte, was schon längere Zeit in ihr rumorte.

Sie musste ein neues Gericht kreieren, etwas, das die Welt zuvor noch nicht an den Geschmacksnerven berührt hatte, etwas, das zu ihr persönlich passte. In Clarissa Corbelius wuchs die unbestimmte Idee eines kulinarischen Geniestreiches wie der Geist in der Flasche. Eines Tages würde die Idee, bis zum Bersten angewachsen, heraus gelassen werden. Ein Unfertiges garte in Clarissa Corbelius, etwas ohne Bezeichnung, das sich seinen Namen erst nach und nach formte; ein Täufling, erst das priesterliche Amt sollte ihn zu einem vollwertigen Mitglied der christlichen Gemeinschaft werden lassen. So dachte Clarissa Corbelius über ihre augenblickliche Befindlichkeit und sie wusste, Zeit war, wie bei jedem guten Gericht, eines der Zutaten zur Lösung des Problems.

Wochen vergingen, Wochen in denen Clarissa Corbelius der Reifung ihres Geniestreiches mit allerhand Hilfsmitteln zu Seite stand. Sie ging zweimal pro Woche in die öffentliche Bibliothek und stöberte dort nach verborgenen kulinarischen Schätzen wie ein Goldgräber nach einem Jahrhunderte alten Schatz, immer weiter wühlte sie sich durch Abgründe der geschmacklichen Welthistorie. Sie las alles über so ausgefallene Dingen wie die raffinierte Zubereitung von Ameisen und Heuschrecken, die sanften Garung von Rattenbrüstchen, die Konservierung von Schimpansenköpfen. Zwar kochte sie diese

Gerichte nie nach, aber die ständige Beschäftigung mit diesen, für sie anfänglich völlig enthemmten Essgewohnheiten schärfte ihren exotischen Sinn und führte endlich zur Geburt des mit aller Macht aus ihr heraus drängenden Geniestreiches. Und dann, eines Nachts hatte Clarissa Corbelius endlich die zündende Idee. Die plötzliche Erleuchtung ließ sie jäh aus dem Schlaf hochfahren. Sie saß schweißüberströmt und schwer atmend in ihrem Bett neben ihrem schnarchenden Mann, der von alledem nichts mitbekam und ließ die Wirkung dieser schlichten und nahe liegenden Idee auf sich wirken. Ja, Clarissa Corbelius war nun ganz sicher: Sie hatte gefunden, was sie bisher immer übersehen hatte. Ja, endlich würde auch sie eine Meisterköchin sein, eine Koryphäe auf ihrem Gebiet, jemand der Großes und Neues geleistet hatte. Lange Jahre hatte sie inbrünstig auf den Moment dieser, durch den leidigen Alltag stets verzögerten Erfüllung ihres Daseins gewartet -. Der Tag, an dem Clarissa Corbelius ihren vierundfünfzigsten Geburtstag feierte, klang festlich aus. Ihr Nachbar, eine alte Freundin aus Schultagen, ein ehemaliger Kollege aus der großen Küche des großen Hotels, in dem sie früher gearbeitete hatte, hatten ihre Einladung angenommen saßen nun um den runden Esstisch herum. Der Alkohol floss in Strömen und die Gäste lärmten einander gut gelaunt an. Verbrüderung allenthalben.

Clarissa Corbelius hatte ein wundervolles Gericht gezaubert. Eine köstliche Bouillon, danach ein Bret flambee al la Clarissa mit frischem Wurzelgemüse und Prinzesskartöffelchen und als Nachspeise Schokoladenmousse mit Brandweinrosinen, Obststückchen und frischer Sahne, ein Hochgenuss, wie alle eifrig bestätigten. Auf die verwunderte Frage, wo denn ihr Ehemann zu ihrem Geburtstag abgeblieben sei erklärte Clarissa Corbelius, er habe heute einen Gerichtstermin. Er müsse zwingend bei diesem Gericht anwesend sein, damit das es zur Zufriedenheit aller Beteiligten seine Aufgabe erfüllen könne. Ja, Clarissa war nun endlich der Geniestreich gelungen.

Stigma

Siegbert Schwärzling besaß eine dunkle Stelle in seiner Vergangenheit. Kein Mensch außer ihm selber wusste davon und er war darauf bedacht, dass es auch so blieb. Unausgesetzt war er damit beschäftigt, wie ein Biedermann zu wirken, denn er glaubte, der Fluch der bösen Tat könne sichtbar werden, wenn nur seine Mühe, diese zu verbergen, nachließ. So war jeder Tag für Schwärzling begleitet von einer ständigen Anstrengung. Ja, er strengte sich an, unangestrengt zu wirken. Er strengte sich an, unauffällig zu sein. Er kleidete sich schlicht, war gegenüber seinen Mitmenschen höflich und rücksichtsvoll.

Tagtäglich trug er den gleichen grauen Anzug, tagtäglich grüßte er mit dem selben Gruß. Was für ein netter Mensch, dachten da alle, denen er begegnete. Was für ein Langweiler, dachten dieselben. Von Beruf war Schwärzling Finanzbeamter, eine Tätigkeit, die Verlässlichkeit, Genauigkeit und der Kenntnis der Gesetzeslage abverlangte, ein Beruf, der bei den Menschen Vertrauen erweckte und hinter dem Schwärzling sich wie hinter einem Schutzschild verbergen konnte.

Schwärzlings Alltag gestaltete sich stets gleichförmig. Pünktlichkeit war oberstes Gebot. Jeden Tag, von Montag bis Freitag erschien er zehn Minuten vor seinen Kollegen pünktlich um sieben Uhr fünfzig, arbeitete pünktlich bis elf Uhr fünfzig, aß pünktlich bis zwölf Uhr zwanzig zu Mittag die vegetarische Hauptmahlzeit, arbeitete dann pünktlich bis sechzehn Uhr fünfzig. Schließlich ging er nach Hause. Pünktlich. Sein Leben war nach außen hin eine einzige Langeweile, dies dachten seine Kollegen. Irgendwie bemitleideten sie den armen Tropf, waren sie doch jenseits des Wissens, dass in Schwärzling ein unsichtbarer Orkan tobte.

Siegbert Schwärzling hatte weder Familie noch Freunde. Ein Privatleben hätte seine dunkle Stelle sehr schnell sichtbar gemacht und ihn hinter Gittern gebracht. So hatte er es vorgezogen, sein Leben alleine zuzubringen. Er aß alleine, ging alleine zu Bett, ja, manchmal sprach er sogar mit sich selbst. Lediglich seine schwarze Katze, der er den Namen Blacky gegeben hatte, leistete ihm zurückhaltende Gesellschaft. So verging für Siegbert Schwärzling die Zeit.

Am Montag vor Beginn der Schulferien im Juli, eine Zeit, in die Familien ihren Sommerurlaub legten, saß Siegbert Schwärzling, wie immer pünktliche und verlässlich, alleine in seinem Zimmer im Finanzamt. Sein Blick fiel auf die Schlagzeile der Zeitung vom Freitag, die der Kollege hatte liegen lassen. Er wollte sie, um Ordnung und Platz zu schaffen in den Papierkorb werfen, da fiel sein Blick auf die

Schlagzeile.

Unbekannte Leiche im Wald.
Schwärzling las weiter. Sein Interesse war geweckt.

Gestern entdeckten Spaziergänger im Stadtwald eine Leiche. Den ersten Ermittlungen der Polizei zufolge handelte es sich bei dieser wahrcheinlich um die seit Jahren verschwundene Schülerin Jeannine K. Man geht von einem Gewaltverbrechen aus.
Die langsam sich einfindende Gewissheit, es handele sich um den Fluch einer bösen Tat, die er vor Jahren begangen hatte, trieb Schwärzling den Schweiß ins Gesicht. Ja, er wurde unruhig, ein Zustand, von dem er sich nicht befreien konnte. Er fühlte sich ertappt, bezichtigt und

eingekreist. Er fühlte sich wie in einem Käfig, dessen Wände enger und enger wurden. Schwärzling sah sich um. Kein Mensch war in der Nähe, der seine augenblickliche Verwandlung mitbekommen hätte. Er überlegte, was er als Nächstes tun sollte. Er beschloss, den Tag unauffällig wie immer zu verbringen. Die noch anwesenden Kollegen, so wähnte er, empfanden ihn als aufgeregt, ja, bald mussten sie ihn entlarvt haben. Bald würde die Polizei vor dem Haus stehen und ihn in Handschellen vor den Augen der gesamten Welt verhaften, vor den Anklagenden, Rachsüchtigen und Selbstgerechten, die mit den Fingern auf ihn zeigten und ihm drohende Blicke zuwarfen -.
Schwärzling versuchte, sich auf

seine Arbeit zu konzentrieren, prüfte Anträge, wandte die augenblickliche Gesetzeslage auf sie an, rechnete, addierte, subtrahierte, multiplizierte, dividierte. Dies gelang ihm heute nicht sonderlich gut, er musste einige Male ansetzten und verlor dabei kostbare Zeit. Der Stapel vor ihm wurde nicht kleiner. Seine Hektik übertrug sich auf die heute leidliche Ordnung an seinem Arbeitsplatz. Den Kaffee vergoss er über den "Finanzrichtlinien des Landes", die seinem Kollegen gehörten. Zum Glück war er alleine, so hatte er noch die Möglichkeit, eine neues Exemplar zu beschaffen. Er sah sich um. Den anderen blieb wohl seine Veränderung nicht verborgen. Ja, mussten sie wohl denken, irgendwie war dieser in seiner Überordentlichkeit mitunter nervtötende und unsympathische Zeitgenosse heute ganz anders als sonst -.

Schweißtropfen fielen auf den vor ihm liegenden Antrag und hinterließen unschöne Flecken auf dem Papier. Er nahm die Zeitung packte sie in seine Tasche. Er zitterte mehr und mehr ob der ängstlichen Erwartung des fernen Polizeisirenengeheules. Ja, da hörte er es schon, das schrille und regelmäßige Jaulen unüberhörbar für jeden sich direkt auf ihn zu bewegen, immer lauter werdend, ihn mehr und mehr einkreisend. Sein Herz raste, seine Atmung war bis zur Atemlosigkeit beschleunigt, ja, bald würde er bewusstlos werden.

Schwärzling zwang sich in letzter Sekunde dazu, ruhig zu bleiben. Er hörte das Martinshorn lauter und lauter werden. Der Polizeiwagen raste heran, wurde unerträglich laut, um dann schlagartig leise zu werden. Der Wagen war vorbei gerast. Das nächste Mal würde er nicht vorbeirasen. Ja, Schwärzling war sich da ganz sicher, und in ihm wuchs der Entschluss, der Verfolgung ein Ende zu setzen. Er wollte sich der Polizei stellen. Erleichtert über seine Entscheidung lehnte er sich seufzend zurück und blieb entspannt sitzen. Schließlich stand er auf, räumte sorgfältig seinen Arbeitsplatz auf, packte sein Eigentum in seine Tasche, deponierte das, was ihm nicht gehörte an seinem Platz, leerte den

Papierkorb und verließ sein Arbeitszimmer, in dem er so viele Jahre gearbeitet hatte. Die wenigen anwesenden Kollegen bemerkten seinen lautlosen Aufbruch dennoch, wunderten sich, warfen einander Blicke zu. Was hat der Kerl nun wieder, schienen sie zu sagen.

Schwärzling verließ die Räume der Firma wie ein Pferd, dem man Scheuklappen angelegt hatte, ohne seinen Blick nach rechts oder links zu wenden. Er wollte das Starren der Kollegen nicht sehen, ihr Entsetzen nicht, ihre Häme nicht und auch ihr rechthaberisches Kopfnicken nicht, so als hätten sich schon immer gewusst, dass dieser Sonderling etwas auf dem Kerbholz Hat. Sollten sie doch glotzen, er würde sein weiteres

Schicksal selbst bestimmen. Dennoch kam Schwärzling sich vor wie ein Delinquent bei einem Spießrutenlauf. Er verließ mit eingezogenem Kopf grußlos die Firma.

Schwärzling betrat das Zimmer der Polizeistation. Zwei Wachhabende saßen an ihren Schreibtischen. Sie hoben ihren Blick als sie ihn sahen. Ja, sie mussten ihn endlich erkannt haben. Wortlos legte er die Zeitung mit der Nachricht des Leichenfundes vor sie hin.

Ein zufälliger Blick fiel auf das Datum. Schrecken durchfuhr ihn. Die Zeitung war von letztem Jahr.

Das Gästezimmer

Herbststürme zogen über das Land. Es regnete in Strömen und die Wetterprognosen verhießen nichts Gutes. Der Regen peitschte gegen die Windschutzscheibe meines Wagens. Erst spät in der Nacht kam ich vor dem Haus *Augustinus* an, das Pflegeheim, in dem meine Mutter nun schon seit zwei Jahren lebte und die morgen ihren fünfundachtzigsten Geburtstag feiern würde. Ich hatte es bei diesem schlechten Wetter nicht mehr geschafft, rechtzeitig dort zu sein, mein Handy war in einem Funkloch gelandet, so dass ich niemanden erreichen konnte, es auszurichten. Erst am nächsten Tag würde ich sie besuchen können und ich musste Vorort die Nacht verbringen. Bereits an mehreren Hotels und Pensionen hatte ich vergeblich gehalten. Entweder sie waren ausgebucht oder bereits geschlossen. Instinktiv fuhr ich zum Pflegeheim, hielt auf dem Parkplatz und wollte schon im Auto selbst übernachten, da fiel mir ein, dass auch Pflegeheime für gewöhnlich Gästezimmer für auswärtigen Besuch eingeplant haben. Also versuchte ich mein Glück, stieg aus dem Wagen, zog den Mantel üben meinen Kopf und eilte zum Eingang. Es war wirklich ein Sauwetter. Ich klingelte ein paar Mal. Es dauerte eine Weile bis sich jemand durch die Sprechanlage meldete. Ich trug mein Anliegen vor. Einen Moment bitte, hieß es. Nach etwa fünf Minuten erschien eine Frau in einer weißen Hose und einem blauen Kittel. Ich klopfte gegen die Scheibe. Sie sah in meine Richtung und öffnete die Tür. Die Frau sah mich mit einem prüfenden Blick an, sie hatte mich noch nie vorher gesehen und so hegte sie Zweifel an der Wahrheit meines Anliegens, ich wolle meine Mutter besuchen. Ich zeigte ihr meinen Ausweis. Sie schien beruhigt, hatte es eilig, wie sie vorgab, ihre Blumen, wie sie ihre Pflegebedürftigen nannte, würden schon warten. Es müsste immer jemand für sei da sein, wie bei kleinen Kindern. Sie lächelte mich an und entblößte ein einwandfreies Gebiss. Heute allerdings sei ein Besuch nicht mehr möglich. Alle Bewohner schliefen schon.

Allerdings könnte ich im Gästezimmer nächtigen, falls ich dies wünschen würde. Ich stimmte zu. Eilig führte sie mich mit Hilfe einer Taschenlampe zum Gästezimmer. Das Licht sei wegen des Unwetters ausgefallen, bemerkte sie entschuldigend. Der Weg führte in den ersten Stock, durch den Speisesaal, vorbei an einem großen schwarzen Flügel, dann durch einen Gang mit gelb getünchten Wänden. Die Pflegerin Susanne, wie sie sich auf dem Weg vorgestellt hatte, hielt vor einer ebenfalls gelb angestrichenen Tür, zog einen Schlüssel aus der Tasche, schloss auf, drückte die Klinke auf, gab mir den Schlüssel. Das Flurlicht flackerte. Sie lächelte wieder, das Elektrizitätswerk würde es wohl bald geschafft haben, den Stromausfall zu beheben, sagte sie. Sie wirkte erleichtert.

Das Zimmer sei gelüftet, das Bett frisch überzogen, ein Frühstück zwischen halb acht und neun Uhr sei im Preise inbegriffen. Das Zimmer selbst habe kein Toilette, die befände sich allerdings gleich neben dem Zimmer. Sie wünschte mir eine gute Nacht und eilte davon.

Ich schaute mich um, ein schlichter Raum, mit einem Bett, einem Schrank, einem Tisch, einem Stuhl, nur das Nötigste, wie einem Kloster. Da ich nichts für die Nacht mitgebracht hatte, beschloss ich, in der Unterwäsche zu nächtigen. Die Rasierutensilien würde ich am nächsten Tag besorgen. Jetzt bemerkte ich, wie hundemüde ich war. Ich wusch mir das Gesicht, spülte mir den Mund aus, schaute in den Spiegel, ein graues Gesicht, mit dicken schwarzen Ringen unter den Augen blickte mir entgegen. Nun gut, nach einem langen erholsamen Schlaf würde ich morgen früh sicher besser aussehen. Ich zog mich aus, legte mich ins Bett. Wie es meiner Mutter jetzt wohl ging, ob sich wach lag oder schlief, ob sie ruhig war oder sich sorgte, weil ihr Sohn nicht wie versprochen zur rechten Zeit aufgetaucht war? Wahrscheinlich hatte ihr Schwester Susanne-Barbara bereits meine Ankunft mitten in der Nacht und außerhalb der Besuchszeiten mitgeteilt. Ja, so wird es wohl sein -.

Ich wache auf. Langsam kommt mein

Bewusstsein wieder an die Oberfläche. Ich öffne meine Augen und sehe in Finsternis. Wie lange ich wohl geschlafen habe. Ich fühle mich erfrischt. Ein eigenartiger Geruch dringt mir in die Nase. Draußen rauscht gleichmäßig der Regen. Ich muss auf die Toilette, erinnere mich schwerfällig, dass die sich auf dem Gang befindet, suche den Lichtschalter, finde ihn nicht, versuche, sie im Dunkeln zu finden. Ich stehe auf, taste mich durch den Raum bis hin zur Tür, öffne sie, gehen nach links und taste mich die Wand entlang. Da, endlich, das muss die Tür sein, die zur Toilette führt, eine glatte, metallene Oberfläche, eine Schiebetür offenbar, nach beiden Seiten aufzuschieben und damit die

Größe des Eingangs zu verdoppeln. Eine großzügige Anlage. Ich öffne, ertaste seitlich zu beiden Seiten den Lichtschalter, betätige ihn. Nichts passiert. Hat nicht die Nachtschwester von einem Stromausfall aufgrund des Unwetters gesprochen? Nun gut, pinkeln kann ich auch im Dunkeln. Der eigenartige Geruch dringt mir wieder in die Nase. Ich taste weiter, suche das Pissbecken. Ich stoße gegen ein Hindernis. Ich fühle die Oberfläche. Holz. Ich muss mich geirrt haben und im falschen Raum sein. Ich trete den Rückweg an. Dies ist nicht die Toilette. Ich drehe mich um und suche den Ausgang. Dabei stoße ich gegen ein weiteres Hindernis, befühle dessen Oberfläche aus

Stoff, so weich wie Samt. Ganz bestimmt bin ich in der Wäschekammer gelandet. Der Druck auf die Blase wird heftiger - .Ein Flackern, das Licht geht an, offenbar wurde nun der Stromausfall vom Elektrizitätswerk aufgehoben. Das kalte Licht beleuchtet schamlos klar die Szenerie. Zwei Aufgebahrte in dem Raum. Ich habe die Toilette mit der Leichenkammer verwechselt.